COLLECTION

DE

M. J.-B. CALAMARD

CATALOGUE

LYON 1887

LYON. — IMPRIMERIE MOUGIN-RUSAND
3, Rue Stella, 3

COLLECTION *J.-B. CALAMARD*

TABLEAUX

des Ecoles

MODERNE, FRANÇAISE, ESPAGNOLE, ITALIENNE,

ALLEMANDE, FLAMANDE & HOLLANDAISE

COLLECTION DE FEU M. J.-B. CALAMARD

CATALOGUE

DES

TABLEAUX

Anciens & Modernes

DE DIVERSES ÉCOLES

DONT

LA VENTE AURA LIEU A LYON

Hôtel des Commissaires-Priseurs, rue de l'Hôpital, 6.
(AU 1er)

LES 29, 30 NOVEMBRE ET 1er, 2, 3, 5, 6 ET 7 DÉCEMBRE 1887
à 7 h. 1/4 du soir.

EXPOSITION

LES SAMEDI 26, DIMANCHE 27 ET LUNDI 28 NOVEMBRE, DE MIDI A 5 H. DU SOIR
dans la Salle vitrée du rez-de-chaussée et au 1er étage

Chaque jour de Vente on exposera de 1 heure à 3 heures les numéros qui se vendront le soir.

Me L. GAZAGNE	Mr G. PINGEON
Commissaire-Priseur	Antiquaire-Expert
RUE TERME, 6	Quai de l'HOPITAL, 39 et 40

NOTICE

A galerie de tableaux qui fait l'objet de ce catalogue a été formée à Lyon par feu M. J.-B. Calamard dont le goût et les connaissances en peinture étaient appréciées des amateurs de notre ville.

Il n'y a pas, en effet, beaucoup de collections de province qui puissent présenter une aussi nombreuse réunion de bons tableaux. Le total de ceux qui sont catalogués s'élève à 241.

L'École Moderne en compte 55 : parmi lesquels deux Hector Allemand, un Hamon, un Charles Jacques, deux Pizetta, Chenu, Guindrand, etc.

L'École Française en a 53 : un charmant Boilly, un Bruandet, Debucourt, un beau Greuze, Lantara, De Marne, Monoyer, Valentin, Vouet, etc.

L'École Espagnole compte 7 tableaux.

L'École Italienne en compte 25 : deux bons Guardi, un beau Salviati et beaucoup d'autres.

L'École Allemande a 11 peintures dont une de Vohlgemuth.

L'École Flamande 42 : des Breughel, Griff, Pietter Huys, David Teniers le jeune, Van de Veen, deux esquisses de Rubens, etc.

L'École Hollandaise est le mieux représentée par 47 tableaux dont quelques-uns peuvent être qualifiés chefs-d'œuvre; deux Begyn, une grande composition de Jacques de Bray, le beau tableau de Élie Van den Broeck, qui a figuré à l'Exposition rétrospective de Lyon, un village de Droogsloot, la boutique du cordonnier, dont le maître nous est inconnu, mais qui pourrait être signé Adrien Van Ostade, Van Goyen, plusieurs Heemskerke, deux Molenaer importants, des fleurs de Moortel, un Van der Neer, Gaspard Netscher, Schalken, le superbe tableau de Philippe Wouwerman, œuvre bien vraie et digne d'un Musée, l'alchimiste de Thomas Wick, et beaucoup d'autres encore que les acheteurs sauront bien reconnaître.

CONDITIONS DE LA VENTE

Elle sera faite au comptant.

Les acquéreurs paieront cinq pour cent en sus du prix d'adjudication applicables aux frais.

Les expositions mettant le public à même de se rendre compte de l'état des tableaux et objets divers; il ne sera admis aucune réclamation une fois l'adjudication prononcée.

En cas de contestation sur une enchère, l'objet sera remis en vente immédiatement.

L'ordre numérique ne sera pas suivi.

Pour toute acquisition ou tout renseignement, s'adresser à M. Pingeon, quai de l'Hôpital, 39 et 40, qui remplira les commissions qu'on voudra bien lui confier.

LE PRÉSENT CATALOGUE

SE DISTRIBUE :

A LYON, au Bureau de Messieurs les Commissaires-priseurs, rue de l'Hôpital, 6:

— Et chez M. G. Pingeon, quai de l'Hôpital, 39 et 40.

A PARIS, au Bureau du *Journal des Arts*, rue Le Pelletier, 47.

— Et chez M. Sewite, antiquaire, rue de l'Abbaye, 3.

ORDRE DE LA VENTE

MARDI 29 NOVEMBRE 1887

École Moderne, de 4 à 11 et de 17 à 24.
École Française, de 69 à 78.
École Espagnole, de 109 à 115.
École Italienne, de 121 à 128.

MERCREDI 30 NOVEMBRE

École Moderne, nº 1, et de 29 à 38, de 49 à 55.
École Française, de 64 à 68, et de 88 à 97.
École Flamande, de 152 à 158.

JEUDI 1er DÉCEMBRE

École Moderne, 2 et 3, de 12 à 16, de 25 à 28, de 39 à 47.
École Française, 56 à 63, 79, 104 à 107.
École Italienne, 116 à 120.
École Allemande, 150 et 151.

VENDREDI 2 DÉCEMBRE

École Moderne, 48.
École Française, 80 à 87, et 98 à 103.
École Italienne, 129 à 133.
École Flamande, 159 à 168 et 176 à 180.
École Hollandaise, de 194 à 198.

SAMEDI 3 DÉCEMBRE

École Allemande, de 141 à 149.
École Flamande, de 169 à 175 et de 184 à 193.
École Hollandaise, de 203 à 208 et de 213 à 216.
École Hollandaise, de 239 à 241.

LUNDI 5 DÉCEMBRE

École Française, le nº 108.
École Italienne, de 134 à 140.
École Flamande, de 181 à 183.
École Hollandaise, de 200 à 202, 209 à 212, 217 à 238.

MARDI 6 DÉCEMBRE

Tableaux non catalogués, partie du nº 242.
Objets divers, de 243 à 268.

MERCREDI 7 DÉCEMBRE

Tableaux non catalogués, partie du nº 242.
Cadres sculptés et autres, nº 269.

TABLEAUX

DE

L'ÉCOLE MODERNE

ADAM (E.).

Signé et daté 1855.

1 — *Fleurs et Architecture.*

Bon tableau décoratif.

Sur toile, cadre noir.

Haut., 114 cent.; larg., 89 cent

ALLEMAND (HECTOR).

1809-1886.

Signé.

2 — *Paysage dans l'Ain.*

Un des très bons tableaux de ce maître Lyonnais.

Sur bois, cadre doré.

Haut., 28 cent.; larg., 37 cent

ALLEMAMD (Hector).

Signé.

3 — *Paysage.*

Le Rhône et les îles de la Pape.

Sur bois, cadre doré.

Haut., 23 cent.; larg., 26 cent.

BÉLINA (E.).

Signé.

4 — *Fleurs.*

Sur toile, cadre doré.

Haut., 60 cent.; larg., 49 cent.

BERRI (J. de).

Signé et daté 1860.

5 — *Portrait d'une jeune dame.*

Sur bois, cadre ancien en bois sculpté et doré.

Haut., 36 cent.; larg., 25 cent.

BIDAULT (H.).

Signé.

6 — *Paysage.*

Sur toile, cadre doré.

Haut., 40 cent.; larg., 62 cent.

BONNEFOND (Jean-Claude).

1790-1860.

7 — *Portrait d'une jeune fille.*

Sur toile, cadre ancien en bois sculpté et doré.

Haut., 50 cent ; larg , 35 cent.

BOURBON

Signé.

8 — *Paysage.*

Sur toile, cadre doré.

Haut., 31 cent.; larg., 35 cent.

CALAME (Alexandre).

Signé et daté 1837.

9 — *Paysage.*

Sur toile, cadre doré.

Haut , 25 cent ; larg , 32 cent.

CARRAND

Signé.

10 — *Paysage.*

Sur bois, cadre doré.

Haut , 32 cent ; larg , 40 cent.

CARRAND.

Signé.

11 — *Paysage et Rivière.*

Excellente peinture de la première manière de l'artiste. (Ressemble à un Rousseau.)

Sur toile, cadre doré.

Haut., 35 cent ; larg., 65 cent.

CARRAND.

Signé.

12 — *Paysage.*

Effet de soleil pendant la pluie.

Sur bois, cadre doré.

Haut., 29 cent,; larg , 40 cent.

CHATAUD (A).

Signé.

13 — *Une Rue à Alger.*

Sur toile, cadre doré.

Haut , 24 cent ; larg., 18 cent

CHENU (Fleury).

1833-1875.

Signé.

14 — *Paysage et Personnage.*

Étude d'après nature.

Sur toile, cadre doré.

Haut. 45 cent.; larg.. 38 cent

CHENU (Fleury).

Signé.

15 — *Paysage.*

Forme ovale très allongée.

Sur toile, cadre doré, carré.

Haut., 31 cent : larg., 85 cent.

CHENU (Fleury).

16 — *Le Champ de blé et Jeune Femme se promenant.*

Provient de la vente de l'artiste.

Sur toile, cadre doré.

Haut., 35 cent.; larg., 28 cent.

CICERI (Eugène).

Signé.

17 — *Paysage.*

Sur toile, cadre doré.

Haut., 15 cent.; larg., 44 cent.

CRAPELET (Amable).

Signé.

18 — *Paysage.*

Bords du Nil, le soir.

Sur carton, cadre doré.

Haut., 16 cent ; larg., 21 cent.

DEILER

Signé.

19 — *Ève.*

Sur toile, cadre doré.

Haut., 55 cent.; larg., 45 cent

DELACROIX (Auguste).

20 — *Marine.*

Sur toile, cadre doré.

Haut., 36 cent.; larg., 44 cent.

ÉCOLE MODERNE

21 — *Baigneuses.*

Sur toile, cadre doré.

Haut., 18 cent.; larg., 25 cent.

ÉCOLE MODERNE

Signé illisiblement.

22 — *Paysage.*

D'un ton argentin très fin.

Sur toile, cadre doré.

Haut., 14 cent.; larg., 30 cent.

ÉCOLE MODERNE

Peut-être de L. Guy ?

23 — *Vache.*

Sur bois, cadre doré.

Haut., 17 cent.; larg., 21 cent.

GIRIER (Saint-Cyr).

Signé.

24 — *Paysage.*

Bon tableau de cet artiste Lyonnais.

Sur toile, cadre doré.

Haut., 40 cent.; larg., 57 cent.

GRELET

25 — *Paysage.*

Effet de vent ; étude.

Sur toile, cadre noir.

Haut., 65 cent ; larg., 1,15 cent

GROBON (Eugène).

Signé.

26 — *Le Bac à Meudon.*

Motif pittoresque bien rendu.

Sur toile, cadre doré.

Haut., 36 cent.; larg., 53 cent.

GUDIN (Jean-Antoine-Théodore).

Né en 1802.

Signé.

27 — *Marine*

Temps orageux.

Sur bois, cadre doré.

Haut., 17 cent.; larg., 21 cent.

GUINDRAND (Antoine).

1801-1843.

Signé et daté 1841.

28 — *Marine.*

Sur toile collée sur bois, cadre doré.

Haut., 16 cent.; larg., 23 cent.

GUINDRAND (Antoine).

Signé.

29 — *Bords d'un lac.*

Sur toile, cadre doré.

Haut., 37 cent.; larg., 43 cent.

GUINDRAND (Antoine).

Signé.

30 — *Paysage.*

Sur toile, cadre doré.

Haut., 23 cent.; larg., 31 cent.

HAMON (Jean-Louis).

Signé.

31 — *L'Aurore.*

Esquisse de son tableau.

Sur toile, cadre doré.

Haut., 42 cent.; larg., 31 cent.

On donnera à l'acquéreur une épreuve de la gravure du tableau.

JACOMIN (Jean-Marie).

1789-1858.

32 — *Atelier de tonnelier.*

Sur toile, cadre doré.

Haut., 54 cent.; larg., 46 cent.

JACQUES (Charles-Emile),

né en 1813.

Signé.

33 — *Paysage.*

Vue prise dans la forêt de Fontainebleau.

Sur toile, cadre doré.

Haut., 44 cent.; larg , 35 cent.

LAGARDETTE (Reynaud).

Signé.

34 — *Dans la forêt.*

Bûcherons, bergers et vaches.

Sur toile, cadre doré.

Haut., 39 cent ; larg , 53 cent.

LAGARDETTE (Reynaud).

Signé.

35 — *Paysage.*

Sur toile, cadre doré.

Haut., 39 cent.; larg., 57 cent.

LÉVIGNE (Théodore).

Signé.

36 — *Paysage et Animaux.*

Sur bois, cadre doré.

Haut., 26 cent.; larg., 35 cent.

LÉVIGNE (Théodore).

Signé.

37 — *Paysage.*

Mare dans un bois, des vaches viennent s'y désaltérer. Bon tableau.

Sur toile, cadre.

Haut., 80 cent.; larg., 100 cent.

LÉVIGNE (Théodore).

Signé.

38 — *Paysage.*

Les bords du Rhône, effet de brouillard.

Sur bois, cadre doré.

Haut., 40 cent.; larg., 64 cent.

LÉVIGNE (Théodore).

Signé.

39 — *Paysage.*

Soleil couchant.

Sur bois, cadre doré.

Haut., 27 cent ; larg., 40 cent.

LÉVIGNE (Théodore).

Signé.

40 — *La Jeune Mère.*

Esquisse.

Sur toile, cadre doré.

Haut., 33 cent ; larg., 27 cent.

LÉVIGNE (Théodore).

Signé et daté 1875.

41 — *Tête de taureau.*

Etude d'après nature.

Sur toile, cadre doré.

Haut., 66 cent.; larg., 55 cent.

LÉVIGNE (Théodore).

Signé.

42 — *Le Rhône.*

Effet de brouillard.

Sur bois, cadre doré.

Haut., 47 cent.; larg., 70 cent.

MICHEL (Georges).

Mort en 1843.

43 — *Terrains arides.*

Sur toile, cadre doré.

Haut., 32 cent.; larg., 51 cent.

MONTICELLI

44 — *Paysage.*

Sur bois, cadre doré.

Haut , 36 cent ; larg., 54 cent.

MONTICELLI

45 — *Personnages dans un parc.*

Sur toile, cadre doré.

Haut , 41 cent.; larg , 64 cent.

NODE (Charles).

Signé et daté 1873.

46 — *Paysage.*

Des bestiaux viennent boire à un petit cours d'eau qui traverse le tableau.

Sur toile, cadre doré.

Haut., 45 cent.; larg . 64 cent.

PIZETTA (CLAUDIUS).

Signé.

47 — *Fruits.*

Des raisins dans un panier et des framboises sur une feuille de chou.

Peinture d'un bon coloris et d'une exécution merveilleuse.

Sur toile, cadre doré.

Haut., 54 cent.; larg., 63 cent.

PIZETTA (CLAUDIUS).

Signé.

48 — *Fleurs et Fruits.*

D'un fini précieux.

Sur bois, cadre doré.

Haut., 60 cent.; larg., 49 cent.

ROQUEPLAN (CAMILLE-JOSEPH-ETIENNE).

1803-1855.

49 — *Baigneuses.*

Peinture dans la manière de Diaz.

Sur toile, cadre doré.

Haut., 36 cent., larg., 44 cent.

ROUSSEAU (attribué à Théodore),
né en 1812.

50 — *Forêt de Fontainebleau.*

Sur bois, cadre ancien en bois sculpté et doré.

Haut., 34 cent.; larg., 28 cent.

SEIGNEMARTIN (Jean).
1848-1875.

51 — *Un Festin.*

Épisode de l'histoire de Don Quichotte.
Effet de lumière d'une richesse de ton surprenante.

Sur bois, cadre noir guilloché.

Haut., 27 cent.; larg., 33 cent.

SIBUET
Signé.

52 — *Fleurs dans un vase.*

Sur toile, cadre doré.

Haut., 71 cent.; larg., 58 cent.

SIBUET
Signé et daté 1871.

53 — *Plante de pensée.*

Sur bois, cadre doré.

Haut., 31 cent.; larg., 23 cent.

VERBŒCKOVEN (Eugène),

né en 1798.

54 — *Chèvres au pâturage.*

Sur bois, cadre doré.

Haut., 27 cent ; larg., 24 cent.

VIDAL (L.).

Signé.

55 — *Fleurs et Fruits.*

Bien dessinés et peints très finement.

Sur toile, cadre doré.

Haut., 32 cent.; larg., 24 cent.

ÉCOLE FRANÇAISE

ANCIENNE

ADVINENT (Etienne-Louis).

1767-1831.

56 — *Le Pont sur la chute d'eau.*

Un tableau de ce maitre est au Musée de la ville de Lyon salle des peintres Lyonnais.

Sur bois, cadre doré.

Haut., 43 cent ; larg., 69 cent.

BELLERIVE

Signé.

57 — *Le Coup de vent.*

Paysage et figures.

Sur bois, cadre doré.

Haut., 23 cent.; larg., 31 cent.

BOILLY (Louis-Léopold).

1761-1845.

58 — *L'École des petites filles.*

Au milieu du tableau, une vieille femme, la maîtresse de l'école, est assise gravement, on voit un martinet sur ses genoux; à droite, près d'elle, une petite fille récite sa leçon pendant que sa mère debout derrière elle semble l'encourager par son geste, du même côté, d'autres enfants et un groupe de parents; à gauche, un papa tient un jouet que sa fille vient de recevoir comme récompense et qu'elle s'efforce de lui reprendre; d'autres personnages complètent cette scène familière qui est bien reproduite.

Les expressions sont justes, la couleur générale agréable et vraie.

Sur toile, cadre doré.

Haut., 40 cent.; larg., 58 cent

BOILLY (Louis-Léopold).

Signé.

59 — *La Visite matinale.*

Sur toile, cadre ancien en bois sculpté et doré.

Haut., 44 cent.; larg., 55 cent.

BROSSARD DE BEAULIEU (MARIE-RÉNÉE-GENEVIÈVE).

Née vers 1760.

60 — *Portrait de femme.*

L'artiste se peignant elle-même son portrait. Elle est vue à mi-jambes et tournée à droite vers son chevalet ; les étoffes, les carnations, tout est grassement peint.

Bon portrait de cette excellente élève de Greuze, qui fut agréé à l'Académie en 1784.

Sur toile, cadre doré.

Haut., 100 cent. ; larg., 78 cent.

BRUANDET (L.).

Mort en 1803.

Signé.

61 — *Paysage.*

Chemin près d'un bois ;

Jolie composition animée par des figures d'une exécution soignée.

Sur bois, cadre doré.

Haut., 22 cent. ; larg., 26 cent.

CARRÉ (MICHEL).

1666-1728.

Signé du monogramme.

62 — *Paysage.*

Coucher de soleil, des vaches et des moutons boivent à une mare, tandis qu'à gauche un groupe de paysans et paysannes se divertissent.

Sur toile, cadre doré.

Haut., 40 cent. ; larg., 50 cent.

CLOUET (François), dit Jehannet.
1510-1572.

63 — *Portrait d'homme.*

Peinture bien conservée.

Sur bois, cadre noir.

Haut., 22 cent.; larg., 18 cent.

CORNEILLE (Michel.)
1603-1664).

64 — *Portrait d'un magistrat.*

Sur toile, cadre ancien en bois sculpté et doré.

Haut., 47 cent.; larg., 37 cent

COURTOIS (Jacques), dit le Bourguignon.
1621-1676.

65 — *Combat de cavaliers.*

Sur toile, cadre doré.

Haut., 31 cent.; larg., 17 cent.

DEBUCOURT (Philippe-Jean).
1755-1832.

66 — *L'Amoureux entreprenant.*

Jeune blanchisseuse lutinée par son amant.

Tableau agréable et bien peint.

Sur bois, cadre doré.

Haut., 20 cent.; larg., 17 cent

DESPORTES (attribué à Nicolas).

1718-1787,

67 — *Gibier.*

Peinture décorative.

Sur toile, forme ovale dans un cadre carré.

Haut., 100 cent.; 78 larg., cent.

ÉCOLE FRANÇAISE.

XVIIIe siècle.

70 — *Diane chasseresse.*

Sur toile, cadre ancien en bois sculpté et doré.

Haut., 63 cent.; larg., 37 cent.

ÉCOLE FRANÇAISE.

XVIIIe siècle.

69 — *Fête champêtre.*

Sur toile, très beau cadre ancien en bois sculpté et doré.

Haut., 64 cent ; larg., 79 cent.

ÉCOLE FRANÇAISE.

XVIIIe siècle.

70 — *Portrait de femme.*

Excellente peinture.

Sur toile, cadre ovale, bois doré.

Haut., 73 cent.; larg., 45 cent.

ÉCOLE FRANÇAISE.

XVIIIe siècle.

71 — *Portrait d'un jeune homme.*

Sur toile, cadre ovale en bois sculpté et doré.

Haut., 51 cent.; larg., 39 cent.

ÉCOLE FRANÇAISE.

XVIIIe siècle.

72 — *Portrait de jeune fille.*

Pastel, sous verre, cadre ovale, bois doré.

Haut., 40 cent.; larg., 32 cent.

ÉCOLE FRANÇAISE.

XVIIIe siècle.

73 — *Paysage et Personnages.*

Tableau décoratif, très clair.

Sur toile, cadre doré.

Haut., 70 cent; larg., 96 cent.

ÉCOLE FRANÇAISE.

XVIIe siècle.

74 — *La Bonne Aventure.*

Sur toile, cadre doré.

Haut., 64 cent; larg., 76 cent.

ÉCOLE FRANÇAISE,

XVIIIe siècle.

75 — *Amours musiciens.*

Sur toile forme ovale, cadre doré, forme carrée.

Haut., 25 cent.; larg., 34 cent.

ÉCOLE FRANÇAISE,

XVIIIe siècle.

76 — *Portrait d'homme.*

Bien dessiné et largement peint.

Sur toile, cadre doré.

Haut., 53 cent.; larg., 44 cent.

ÉCOLE FRANÇAISE,

XVIIIe siècle.

77 — *Paysage.*

Sur toile, cadre doré.

Haut., 48 cent.; larg., 38 cent.

ÉCOLE FRANÇAISE,

XVIIIe siècle.

78 — *Paysage.*

Le pont sur le torrent.

Sur toile, cadre doré.

Haut., 62 cent.; larg., 61 cent.

ESCHARD (Charles).

Florissait en 1783.

79 — *Paysage.*

Sur bois, cadre doré.

Haut., 42 cent.; larg., 52 cent.

GREUZE (Jean-Baptiste).

1725-1805.

80 — *Portrait de jeune fille.*

Vue en buste ; on retrouve sur ce visage la même expression de candeur et d'innocence que sur celui de la jeune fille du tableau l'*Accordée de Village* (c'est peut-être une étude pour ce tableau ?)

Sur toile, cadre doré.

Haut., 45 cent.; larg., 36 cent.

GREUZE (Jean-Baptiste).

81 — *La Dame charitable.*

Etude grandeur nature pour la figure de la dame de charité. La tête penchée en avant est couverte du capuchon d'une mante grise. Gravé par Massard.

Cette œuvre bien authentique, provient de la vente de la collection du baron de Beurnouville faite à Paris en 1881, elle portait le nº 89.

(On donnera à l'acheteur une garantie signée par M. Féral, l'expert de Paris qui fut chargé de la vente.)

Pastel sous verre, cadre doré.

Haut., 45 cent.; larg., 37 cent.

GRIMOU (Alexis-Jean.)

1680-1740.

82 — *Joueur de cornemuse.*

Sur toile, cadre doré.

Haut., 80 cent.; larg., 63 cent.

LANTARA (Simon-Mathurin).

1729-1778.

Signé de l'initiale.

83 — *Paysage.*

Plaine et lointain de montagne, effet transparent très clair dans le goût de Claude Lorrain.

Sur toile, cadre doré.

Haut., 41 cent.; larg., 55 cent.

LANTARA (Simon-Mathurin).

Signé.

84 — *Les Adieux.*

Une falaise au bord de la mer, à droite, une cabane de pêcheurs; une jeune fille fait ses adieux à un jeune homme qui se dispose à monter à cheval; paysage d'une bonne couleur, les petits personnages ont beaucoup de vérité et sont faits finement.

Sur toile, cadre doré.

Haut., 55 cent.; larg., 45 cent.

LARGILLIÈRE (Nicolas).

1656-1746.

85 — *Portrait de jeune femme.*

Vue à mi-corps, vêtue d'une robe de velours rouge, brodée en or, un riche manteau de velours bleu, doublé en drap d'or, est savamment jeté sur son épaule.

Sur toile, cadre ancien, en bois sculpté et doré.

Haut., 78 cent ; larg ; 61 cent.

LECLERC (dit des Gobelins).

Fin du XVIIIe siècle.

86 — *Le Repos.*

Sur bois, cadre ancien, en bois sculpté et doré.

Haut., 31 cent ; larg , 23 cent

MARNE (Jean-Louis de).

1744-1829.

87 — *Cour de ferme.*

Animée de figures, animaux, ustensiles et accessoires de toutes sortes :

Bonne ordonnance et excellent coloris.

Ce joli tableau est traité avec cet esprit délicat qui distingue les œuvres de ce maître.

Sur bois, cadre doré.

Haut , 24 cent ; larg., 32 cent.

MAYER (Constance).

1778-1821.

88 — *Tête d'expression.*

Sur toile, cadre ancien, en bois sculpté et doré.

Haut., 39 cent.; larg., 31 cent.

MANGLARD (Adrien).

1695-1760.

89 — *Naufrage du Saint-Géran.*

Épisode du roman, *Paul et Virginie.*

Sur toile, cadre doré.

Haut., 37 cent.; larg., 49 cent.

MONOYER (Jean-Baptiste).

1634-1699.

90 — *Bouquets de fleurs dans un vase.*

Sur toile, cadre ancien, en bois sculpté et doré.

Haut., 74 cent.; larg., 68 cent.

MONOYER (attribué à Jean-Baptiste).

91 — *Fleurs dans un vase.*

Sur toile, cadre doré.

Haut., 25 cent; larg., 31 cent

MONOYER (attribué à JEAN-BAPTISTE).

92 — *Fleurs.*

Pendant du précédent, même cadre et dimension.

NATTIER (JEAN-MARC).

1685-1766.

93 — *Pan poursuivant la Nymphe Syrinx.*

Peinture d'un coloris très frais.

Sur toile, cadre ancien, en bois sculpté et doré.

Haut., 65 cent.; larg., 79 cent.

NATTIER (attribué à JEAN-MARC.)

94 — *Portrait d'un jeune homme.*

Vu à mi-corps, bien dessiné et d'une bonne couleur.

Sur toile, cadre doré.

Haut., 80 cent.; larg., 63 cent.

NATTIER (attribué à JEAN-MARC).

95 — *Portrait de femme.*

Vue à mi-corps.

Sur toile, cadre doré.

Haut., 80 cent.; larg., 42 cent.

OUDRY (attribué à Jean-Baptiste).

1686-1755.

96 — *Singe et Fruits.*

Sur toile, cadre doré.

Haut., 42 cent.; larg., 55 cent.

PARROCEL (Joseph).

1646-1704.

97 — *Bataille.*

Sur toile, cadre doré.

Haut., 42 cent ; larg., 54 cent.

PARROCEL (Joseph).

98 — *Combat de cavaliers.*

Sur toile, cadre ancien en bois sculpté et doré.

Haut., 97 cent ; larg., 101

PATEL (Pierre) dit le vieux.

1620-1676.

99 — *Paysage italien.*

Avec figures et monuments.

Ciel léger très lumineux, ensemble agréable.

Sur toile, cadre ancien en bois sculpté et doré.

Haut., 59 cent.; larg., 73 cent.

PATEL (Pierre-Antoine) dit le Jeune.

xviie siècle.

100 — *Paysage.*

Ruines et figures.

Sur toile collée sur bois, cadre doré.

Haut., 55 cent.; larg., 65 cent.

PILLEMENT (attribué à Jean).

1728-1808.

101 — *Paysage et animaux.*

Sur bois, cadre doré.

Haut., 19 cent.; larg., 25 cent

PRUD'HON (attribué à Pierre).

1758-1823.

102 — *Cérès et des Amours.*

Esquisse, sur toile, cadre doré.

Haut., 75 cent.; larg., 60 cent.

ROSE (Melchior).

Signé et daté 1724.

103 — *Lion en liberté.*

Sur toile, cadre ancien en bois sculpté et doré.

Haut., 40 cent.; larg., 42 cent.

THEVENIN (CHARLES).

1804.

104 — *Portrait de femme.*

Sur toile, cadre doré.

Haut., 26 cent ; larg., 22 cent.

TOURNIÈRES (ROBERT).

1668-1752.

105 — *Portrait de d'Aguesseau.*

Vu à mi-corps, assis dans un cabinet de travail, vêtu d'une toge noire, une de ses mains est posée sur un livre ouvert.

Sur toile, cadre doré.

Haut., 100 cent.; larg . 75 cent.

VALENTIN.

601-1634.

106 — *Le Jeu.*

Jeune seigneur volé au jeu par des courtisanes.

L'expression des personnages est exacte, le coloris vigoureux.

Sur bois, cadre ancien en bois sculpté et doré.

Haut., 41 cent.; larg , 51 cent.

VERNET (Claude-Joseph).

1714-1789.

107 — *L'Orage.*

Paysans surpris par la tempête.

Bon paysage, dont l'effet est bien rendu.

Sur toile, cadre doré.

Haut., 49 cent.; larg., 75 cent.

VOUET (Simon).

1590-1649.

108 — *Portrait de peintre.*

Peinture vigoureuse éclairée d'une façon savante.

Beau portrait.

Sur toile, cadre ancien en bois sculpté et doré.

Haut., 45 cent.; larg., 36 cent.

ÉCOLE ESPAGNOLE

RIBEIRA (attribué à Joseph).
1588-1656.

109 — *Diogène.*

Sur toile, cadre doré.
Haut., 64 cent.; larg., 48 cent.

VÉLASQUEZ (attribué à Don Diego Rodriguez de Sylva y).
1599-1660.

110 — *Fruits.*

Panier contenant des prunes.
Sur toile, cadre ancien en bois sculpté et doré.
Haut., 52 cent.; larg., 61 cent.

VÉLASQUEZ (attribué à Don Diego, etc.).

111 — *Tête d'un saint en extase.*

Sur toile, cadre noir, guilloché.
Haut., 36 cent.; larg., 29 cent.

VÉLASQUEZ (attribué à Don Diego, etc.).

112 — *Portrait d'une vieille dame.*

Sur toile, cadre ancien en bois sculpté et doré.

Haut., 46 cent.; larg., 37 cent.

ZURBARAN (attribué à François).
1598-1662.

113 — *Martyre d'un saint.*

Belle esquisse, d'une énergie extraordinaire.

Sur toile, le haut cintré, cadre doré, forme carrée.

Haut., 52 cent.; larg., 37 cent.

ZURBARAN (attribué à).

114 — *Religieux en prière.*

Sur toile, cadre ancien en bois sculpté et doré.

Haut., 48 cent.; larg., 32 cent.

ÉCOLE ESPAGNOLE.

115 — *Sainte Famille.*

Sur bois, cadre ancien en bois sculpté et doré.

Haut., 55 cent.; larg., 44 cent.

ÉCOLE ITALIENNE

ALLEGRI (Antoine), dit le Corrège.

1494-1534.

116 — *Danaé.*

Bonne et ancienne copie.

Sur toile, cadre doré.

Haut., 127 cent.; larg., 94 cent.

CARRACCI (attribué à Louis).

1555-1619.

117 — *Saint Jean, tourmenté par le démon.*

Sur toile, cadre ancien en bois sculpté et doré.

Haut., 50 cent.; larg., 36 cent.

CERQUOZZI (Michel-Ange), dit Michel-Ange des batailles.

1600-1660.

118 — *La Lanterne magique.*

Dans un monument en ruines, où l'on voit des pièces d'artillerie, des saltimbanques montrent la lanterne magique. Peinture d'une facture libre et originale, nombreux personnages.

Sur bois, cadre doré.

Haut., 75 cent.; larg., 78 cent.

CONTI (attribué à Jean-Marie).

Vers 1606.

119 — *La Conversation.*

Sur bois, cadre doré.

Haut., 26 cent.; larg., 36 cent.

CRIVELLI (Jacques).

Mort en 1760.

120 — *La Basse-cour.*

Poules, lapins, coqs et canards, effrayés par un chat.

Sur toile, cadre doré.

Haut., [illegible]0 cent.; larg., 75 cent.

ÉCOLE ITALIENNE.

XVIIe siècle.

121 — *Sibylle Helespontica.*

Sur toile, cadre doré.

Haut., 68 cent ; larg., 50 cent.

ÉCOLE ITALIENNE.

XVIIe siècle.

122 — *Léda et le Cygne.*

Sur toile, cadre ancien en bois sculpté et doré.

Haut., 75 cent.; larg , 90 cent.

ÉCOLE ITALIENNE.

XVIIIe siècle.

123 — *Fleurs.*

Sur bois, cadre ancien en bois sculpté et doré.

Haut., 58 cent.; larg., 43 cent.

ÉCOLE ITALIENNE.

XVIIe siècle.

124 — *Martyre de saint André.*

Sur toile, cadre doré.

Haut., 62 cent ; larg., 92 cent.

ÉCOLE ITALIENNE.

xvie siècle.

125 — *Le Jugement de Pâris.*

Sur toile, cadre doré.

Haut., 40 cent.; larg., 54 cent.

ÉCOLE ITALIENNE.

xviiie siècle.

126 — *Fête dans un cabaret.*

Sur toile, cadre doré.

Haut., 28 cent.; larg., 23 cent.

ÉCOLE ITALIENNE.

xviiie siècle.

127 — *Paysage*, soleil couchant.

Sur toile, cadre doré.

Haut., 74 cent.; larg., 90 cent.

ÉCOLE ITALIENNE.

xviie siècle.

128 — *Vierge.*

Sur bois, cadre ancien en bois sculpté et doré.

Haut., 48 cent.; larg., 38 cent.

GUARDI (François).

1712-1793.

129 — *Vue de Venise.*

Quantité de gondoles et de personnages animent ce bon tableau dont l'ensemble est clair et lumineux.

Sur toile, cadre ancien en bois sculpté et doré.

Haut., 30 cent ; larg., 36 cent.

GUARDI (François).

Signé du monogramme.

130 — *Vue de Venise.*

Nombreuses figures, mouvements bien rendu, tableau clair.

Sur toile, cadre doré.

Haut, 33 cent, larg, 51 cent.

LONDONIO (François).

1723-1783.

Signé et daté 1763.

131 — *Le Départ pour les champs.*

Peinture décorative, d'une couleur agréable.

Sur toile, cadre doré.

Haut., 43 cent ; larg, 56 cent.

LONDONIO (François).

Signé.

132 — *Le Retour des champs.*

Pendant du précédent, mêmes cadre et mesure.

PANINI (JEAN-PAUL).

1692-1765.

133 — *Le Concert.*

Des musiciens donnent un concert dans un monument en ruines.

Sur toile, cadre doré.

Haut., 40 cent.; larg., 34 cent.

PANINI (JEAN-PAUL).

134 — *Architecture et Paysage.*

Bien dessiné et d'une bonne couleur.

Sur toile, cadre doré.

Haut., 43 cent; larg. 30 cent.

PANINI (JEAN-PAUL).

135 — *Architecture et Paysage.*

Tableau faisant pendant au précédent, même cadre et dimensions.

ROSA (attribué à SALVATOR).

1615-1673.

136 — *Tête de vieillard.*

Peintute énergique.

Sur toile, cadre doré.

Haut., 44 cent.; larg., 35 cent.

ROSA (attribué à SALVATOR).

137 — *Soldats jouant au dé.*

Dans un monument en ruines, des soldats jouent et boivent.

Sur bois, cadre doré.

Haut., 41 cent.; larg., 32 cent.

ROSA (attribué à SALVATOR).

138 — *Paysage et Personnage.*

Site sauvage, vieux château fortifié au pied duquel coule une rivière.

Sur toile, cadre doré.

Haut., 38 cent ; larg., 67 cent

ROSSI (FRANÇOIS), dit Cecco de Salviati.

1516-1563.

139 — *Sainte Famille.*

Très beau tableau, d'un dessin très pur et d'une grande harmonie.

Sur bois, cadre doré.

Haut., 84 cent ; larg., 94 cent.

TIEPOLO (JEAN-BAPTISTE).

1692, 1769 ou 1770.

140 — *L'Adoration des Mages.*

Peinture dont la couleur rappelle Paul Véronèse.

Sur toile, cadre ancien en bois sculpté et doré.

Haut., 24 cent ; larg., 28 cent.

ÉCOLE ALLEMANDE

BYS (Jean-Rodolphe).

1660-1738.

Signé des initiales B. J. R.

141 — *Une Fête chez le Bourgmestre.*

Nombreuses figures, bien vivantes.

Sur toile, cadre ancien en bois sculpté et doré.

Haut., 63 cent ; larg., 81 cent

DIETRICH (Christian-Guillaume-Ernest).

1712-1774.

142 — *Résurrection de Lazare.*

Effet de lumière dans la manière de Rembrandt.

Sur toile, cadre doré.

Haut., 49 cent ; larg., 61 cent.

ÉCOLE ALLEMANDE.

XVIIe siècle.

143 — *Intérieur de Chapelle.*

Sur bois, cadre doré.

Haut., 32 cent ; larg., 19 cent.

ÉCOLE ALLEMANDE.

XVIIe siècle.

144 — *Le Calvaire.*

Peinture dans la manière des Franck.

Sur bois, cadre noir.

Haut., 16 cent.; larg., 22 cent.

ÉCOLE ALLEMANDE.

XVIe siècle.

155 — *La Vierge et l'Enfant Jésus.*

Sur bois, cadre doré.

Haut., 79 cent ; larg., 48 cent

ÉCOLE ALLEMANDE.

XVIe siècle.

146 — *Cavalier et Dame.*

Sur bois, cadre noir.

Haut., 44 cent.; larg., 36 cent

ÉCOLE ALLEMANDE.

XVIIe siècle.

147 — *La Pentecôte.*

Sur bois, cadre ancien en bois sculpté, noir et or.

Haut., 59 cent ; larg., 55 cent.

ÉCOLE ALLEMANDE.

XVIe siècle.

148 — *Enfants s'embrassant.*

Peinture malheureusement en mauvais état.

Sur bois, cadre ancien en bois sculpté et doré.

Haut., 35 cent ; larg., 32 cent.

KAGER (Mathieu).

1566-1634.

Signé et daté 1630.

149 — *Abraham renvoyant Agar.*

Composition large, personnages bien groupés dans un bon paysage.

Sur bois, cadre noir.

Haut., 69 cent., larg., 90 cent.

LUTHERBURG (Attribué à Philippe-Jacques).

1740-1812.

150 — *Paysage.*

Paysans et bestiaux surpris par l'orage.

Sur toile, cadre doré.

Haut., 44 cent ; larg., 72 cent

WOHLGEMUTH (Michel).

1434-1519.

151 — *La Mise au tombeau.*

Importante composition de onze personnages. Expressions naïves et bien religieuses. Bon coloris.

Sur bois, cadre bois doré.

Haut., 82 cent.; larg., 80 cent.

ÉCOLE FLAMANDE

ADRIAENSSENS (ALEXANDRE).

1625-1685.

152 — *Nature morte.*

Orfèvrerie, citrons, ecrevisses, huitres, etc.

Sur bois, cadre ancien en bois sculpté et doré.

Haut., 31 cent.; larg., 36 cent.

AKEN (attribué à JOSEPH VAN),

mort en 1749.

153 — *Personnages du « Roman comique ».*

Bon tableau, d'une couleur agréable.

Sur bois, cadre doré.

Haut., 20 cent.; larg., 26 cent.

ARTOIS (Jacques Van)
né en 1613.

154 — *Paysage.*

Bien composé et harmonieux.

Sur bois, cadre doré.

Haut., 33 cent.; larg., 53 cent.

BLOEMEN (Jean-François Van).
1662-1740.

155 — *Paysage.*

Le soir, des bestiaux viennent boire à un petit cours d'eau.
Bon tableau, un peu poussé au noir.

Sur toile, cadre doré.

Haut., 65 cent ; larg., 92 cent.

BRAUWER (attribué à Adrien).
1603-1638.

156 — *Fumeur.*

Sur toile, cadre doré.

Haut., 19 cent ; larg., 18 cent.

BREUGHEL (Pierre), dit le Vieux.
mort en 1569.

157 — *Tête grotesque.*

Femme jouant de la cornemuse.

Sur bois, cadre ancien en bois sculpté et doré.

Haut . 32 cent.; larg., 20 cent.

BREUGHEL (Pierre), dit le Vieux.

158 — *Tête grotesque.*

Homme tenant une fourche.

Pendant du précédent, mêmes cadre et mesure.

BREUGHEL (Jean).

Signé.

159 — *Kermesse dans un village flamand.*

Tableau intéressant par la quantité de petites figures très mouvementées et spirituellement peintes.

Sur bois, cadre doré.

Haut., 30 cent ; larg ; 41 cent.

BREYDEL (Le Chevalier).

1677-1744.

Signé.

160 — *Pillage d'une ferme.*

Des soldats viennent piller et tuer des malheureux paysans ; au loin, la bataille continue ; au dernier plan, on voit une ville dont les monuments se détachent dans le paysage.

Bon tableau finement exécuté.

Sur toile, cadre doré.

Haut., 24 cent.; larg., 31 cent.

CABEL (Adrien Van der).
1631-1695.

161 — *Port de mer fortifié.*

Nombreuses figures et vaisseaux.

Sur toile, cadre doré.

Haut., 30 cent.; larg., 46 cent.

DICK (attribué à Antoine Van).
1599-1641.

162 — *Kings-Charles.*

Sur toile, cadre doré.

Haut., 50 cent.; larg., 66 cent.

ÉCOLE FLAMANDE.
XVIIIe siècle.

163 — *Paysage et Animaux.*

Site italien, groupe d'animaux bien dessinés.

Sur toile, cadre doré.

Haut., 31 cent.; larg., 32 cent.

ÉCOLE FLAMANDE.
XVIIIe siècle.

164 — *Paysage, Figures et Animaux.*

Sur toile, cadre doré.

Haut., 41 cent.; larg., 56 cent.

ÉCOLE FLAMANDE.

xviie siècle.

165 — *Adoration des Mages.*

Esquisse d'une grande composition, peinte en grisaille.

Sur toile, cadre ancien en bois sculpté et doré.

Haut., 57 cent.; larg., 77 cent.

ÉCOLE FLAMANDE.

xviie siècle.

166 — *Sainte Elisabeth de Hongrie.*

Dans une guirlande de fleurs.

Sur toile, cadre ancien en bois sculpté et doré.

Haut., 80 cent.; larg., 70 cent.

ÉCOLE FLAMANDE.

xviie siècle.

167 — *Composition historique.*

Nombreux personnages.

Sur bois, cadre noir.

Haut., 58 cent.; larg., 84 cent.

ÉCOLE FLAMANDE.

xviiie siècle.

168 — *Fruits.*

Sur toile, cadre doré.

Haut., 65 cent.; larg., 53 cent.

ÉCOLE FLAMANDE

XVIIe siècle.

169 — *Fruits.*

Sur toile, cadre doré.

Haut., 53 cent.; lagr., 65 cent.

ÉCOLE FLAMANDE.

XVIIe siècle.

170 — *Buveurs.*

Sur bois, cadre noir.

Haut., 39 cent.; larg., 45 cent.

ÉCOLE FLAMANDE.

XVIIIe siècle.

171 — *Attaque de Brigands.*

Sur toile, cadre doré.

Haut., 60 cent.; larg., 72 cent.

ÉCOLE FLAMANDE.

XVIIe siècle.

172 — *La Vierge.*

Dans une guirlande de fleurs.

Sur bois, cadre doré.

Haut., 54 cent.; larg., 41 cent.

ÉCOLE FLAMANDE.

XVIIIe siècle.

173 — *Intérieur avec figures.*

Peint sur carton, cadre doré.

Haut., 12 cent ; larg., 16 cent.

ÉCOLE FLAMANDE.

XVIIIe siècle.

174 — *Tête de fantaisie.*

Sur toile, cadre doré.

Haut., 60 cent ; larg., 47 cent.

FLOUBAS (JACOB W.)

Signé et daté 1632.

175 — *Scène galante.*

Les têtes des personnages sont soignées comme des portraits et les étoffes bien rendues.

(Ce peintre dont il n'est pas fait mention dans les ouvrages traitant de la peinture ancienne, était contemporain de Stevens Palamède.)

Sur bois, cadre noir.

Haut., 54 cent. ; larg., 64 cent

GRIFF ou GRYF (ADRIEN).

XVIIe siècle.

Signé.

176 — *Combat de coqs.*

Et nombreux oiseaux divers, bien peints.

Sur toile, cadre doré.

Haut., 40 cent. ; larg., 55 cent.

GRIFF (attribué à ADRIEN).

177 — *Chien, Lièvre et Oiseaux.*

Sur toile, cadre doré.

Haut., 58 cent ; larg., 75 cent.

GROEN (JEAN).

XVIIIe siècle.

Signé.

178 — *Paysans et Personnages.*

Marché aux légumes, près d'un village.

Sur toile, cadre ancien en bois sculpté et doré.

Haut. 60 cent.; larg., 50 cent

HUYS (PIETTER).

Signé et daté 1547.

179 — *Tentation de saint Antoine.*

Des créatures étranges dans une architecture impossible, la vision d'un fou peut seule donner l'idée de cette composition. Le Saint n'a pas eu un grand mérite de ne pas succomber à la tentation de ces grotesques et repoussantl personnages.

C'est, d'ailleurs, un bon tableau très curieux, bien originas et en bon état.

Sur bois, cadre noir.

Haut., 68 cent ; larg., 100 cent

HUYSMANS (Corneille), dit de Malines.

1648-1727.

180 *Paysage et Figures.*

Peinture un peu poussée au noir.

Sur toile, cadre doré.

Haut., 43 cent. : larg., [illegible]6 cent.

PIETERS (attribué à Nicolas).

1648-1721.

181 — *Io changée en vache.*

Elle est gardée par Argus et des Nymphes.

Sur bois, cadre doré.

Haut., 65 cent.; larg., 105 cent.

POURBUS (d'après François), dit le Jeune.

1570-1622.

182 — *Portrait de Henry le Grand.*

Sur bois, cadre doré.

Haut., 34 cent. : larg., 24 cent.

POURBUS (attribué à François).

183 — *Portrait d'homme.*

Vers le haut, à gauche, on voit un écusson armoirié et la date 1609.

Sur toile, cadre noir.

Haut., 100 cent.; larg., 69 cent.

RUBENS (Pierre-Paul).

1577-1640.

184 — *Les Trois Grâces.*

Étude en grisaille pour son tableau qui se voit au musée royal de Madrid.

Sur bois.

Haut., 47 cent ; larg., 30 cent.

RUBENS (Pierre-Paul).

185 — *Paysage.*

Esquisse ; beau coloris et grande habileté de pinceau.

Sur toile, cadre noir.

Haut. 49 cent.; larg., 70 cent.

SNYDERS (attribué à François).

1579-1657

186 — *Prunes et autres fruits.*

Bon dessin et puissant coloris.

Sur toile, cadre ancien en bois sculpté et doré.

Haut., 59 cent ; larg., 84 cent.

SUSTERMANS (Juste).

1597-1681.

187 — *Portrait d'homme.*

En buste, peinture très terminée.

Sur bois, cadre doré.

Haut., 28 cent ; larg., 23 cent.

TENIERS (DAVID), le Jeune.
1610-1690.

188 — *Paysage.*

Une rivière traverse le tableau, au fond une tour et à droite, sur un terrain boisé on voit des bergers et leurs troupeaux ; un colporteur suivi de son chien se dirige au loin.

Le feuillé des arbres est léger, ainsi que le ciel, les petites figures sont touchées spirituellement.

Sur bois, cadre doré.

Haut., 26 cent.; larg., 25 cent

VEEN (VAN DER).
XVIIe siècle.
Signé.

189 — *L'Accident de voiture.*

Les chevaux se sont abattus, la voiture est renversée et les voyageurs sont précipités les uns sur les autres ; des hommes accourent pour secourir les blessés ; dans le lointain, on voit un beau château et une rivière, puis à droite les arbres d'un parc.

Sur bois, cadre ancien en bois sculpté et doré.

Haut., cent.; larg., 48 cent.

VEEN (OTTO VAN) dit Otto Venius.
1558-1629.

190 — *La Flagellation.*

Sur bois, cadre noir.

Haut., 50 cent ; larg 33 cent

VEEN (Otto Van), dit Otto Venius.

191 — *Martyre de saint Sébastien.*

Pendant du précédent tableau ; même cadre et dimensions.

VERDUSSEN (Jean-Pierre).
Mort en 1763.

192 — *Le Bivouac.*

Des soldats préparent leur repas, l'un d'eux cause avec la vivandière ; à gauche, une plaine et des sentinelles.

Sur toile, cadre doré.

Haut., 34 cent., larg., 43 cent.

WATERLOO (Antoine).
Mort en 1662.

193 — *Paysage.*

Grand chemin traversant un bois, des vaches et des bergers sortent du bois.

Sur toile, cadre ancien en bois sculpté et doré.

Haut., 52 cent.; larg., 77 cent.

ÉCOLE HOLLANDAISE

BÉGA (attribué à Corneille).

1620-1664.

194 — *Buveur de bière.*

Il tient son verre et sourit finement.

Sur bois, cadre ancien en bois sculpté et doré.

Haut., 16 cent.; larg., 12 cent.

BEGYN (Abraham).

né en 1650.

195 — *Le grand Pont.*

Paysage, rivière, et quantités de personnages et animaux.

Sur toile, cadre noir.

Haut., 78 cent.; larg., 104 cent.

BEGYN (Abraham).

196 — *Paysage.*

A droite des ruines de monuments, au lointain des montagnes; les personnages et les animaux sont traités dans la manière de Berghem, ils occupent les premiers plans.

Beau tableau faisant pendant au précédent, même cadre et dimensions.

BOL (Ferdinand).

1611-1681.

197 — *Le Temple de Baal.*

Plusieurs personnages gravissent les marches du temple; ils sont éclairés par un rayon lumineux, qui produit un effet dans le goût de Rembrandt.

Sur bois, cadre doré.

Haut., 61 cent.; larg., 83 cent.

BOTH (Jean et André).

1610-1650-1651.

198 — *Paysage.*

Chasseurs à l'entrée d'un bois; lointains très vaporeux, couleur blonde, effet naturel.

Sur toile, cadre doré.

Haut., 65 cent.; larg., 79 cent.

BRAY (Jacques de).

1625-1664.

199 — *La Mort de Sénèque.*

Le philosophe condamné à mort par Néron, dont il fut le précepteur, vient de s'ouvrir les veines, un serviteur lui présente une coupe remplie de liqueur destinée à activer la destruction. Pompéïa Pauline son épouse, à genoux devant lui se désole ainsi que ses amis et ses disciples qui l'entourent.

Tableau très important qui rappelle comme compositeur l'école de Rembrandt.

Sur toile, cadre ancien, bois sculpté et doré.

Haut., 175 cent.; larg., 122 cent.

BROECK (Elie Van Den).

1657-1711.

Signé.

200 — *Guirlande de Fleurs et de Fruits.*

Au milieu de la guirlande, un jeune garçon montre sa figure souriante, il tient un brasero enflammé : cette tête éclairée par la lumière du jour et par les reflets du brasero produit un charmant effet ; les fleurs ainsi que les fruits, traités dans la manière de David de Heem, ont un beau coloris.

Ce superbe tableau d'un grand effet décoratif, a été admis à l'Exposition rétrospective de Lyon ; il portait le n° 46.

Les œuvres de ce peintre sont rares, surtout de cette importance.

Sur toile, très beau cadre doré.

Haut., 131 cent.; larg., 98 cent.

BROECK (Elie Van Den).

Signé.

201 — *Fruits.*

Peinture très terminée et d'une belle couleur.

Sur toile, cadre doré.

Haut., 25 cent.; larg., 20 cent.

CUYP (Benjamin).

XVIIe siècle.

Signé.

202 — *L'Annonciation aux Bergers.*

Sur bois, cadre doré.

Haut., 45 cent.; larg., 60 cent.

DROOGSLOOT (Joseph-Corneille).

Signé et daté 1637.

203 — *Village Hollandais.*

Quantités de personnages vont et viennent, on voit à droite un groupe de buveurs très réussi.

Bonne composition, dessin facile et spirituel.

Sur bois, cadre doré.

Haut., 36 cent.; larg. 44 cent.

ÉCOLE HOLLANDAISE.

XVIIe siècle.

Signé des lettres F. M. G. L.

204 — *Études têtes de chiens.*

Sur toile, cadre noir.

Haut., 42 cent.; larg., 50 cent.

ECOLE HOLLANDAISE.

XVIIe siècle.

Signé illisiblement.

205 — *Vue prise à Amsterdam.*

Ponts sur l'Amstel, maisons et monuments qui bordent la rivière, bateaux, personnages, etc., le tout est rendu avec une grande exactitude.

Sur bois, cadre doré.

Haut., 44 cent.; larg., 82 cent.

ÉCOLE HOLLANDAISE.

XVIIe siècle.

206 — *Portrait d'homme.*

Vu à mi-corps, peinture d'un fini remarquable : on lit cette inscription : Johan Van Olden Barnet.

Sur bois, cadre doré.

Haut., 62 cent.; larg., 48 cent.

ÉCOLE HOLLANDAISE.

xviie siècle.

Signé du monogramme W.

207 — *Halte de Cavaliers.*

Groupe de cavaliers se reposant à l'entrée d'un bois, peinture très claire; ce tableau a été légèrement frotté.

Sur bois, cadre doré.

Haut., 38 cent.; larg., 49 cent.

ÉCOLE HOLLANDAISE.

xviie siècle.

Signé illisiblement, on ne distingue que les lettres C et B.

208 — *Boutique d'un Cordonnier.*

Un vieux cordonnier est assis, il travaille près d'une fenêtre sur laquelle sont étalées des chaussures terminées; de l'autre côté de la boutique, sa femme file au rouet.

L'attitude, l'expression, les gestes sont naturels et les accessoires finement rendus.

Cette peinture est digne du talent d'Adrien Van Ostade, et les têtes ont beaucoup plus de noblesse que celles de cet excellent maitre.

Très beau tableau, bonne conservation.

Sur bois, cadre doré.

Haut., 58 cent.; larg., 86 cent.

ÉCOLE HOLLANDAISE.

XVIIe siècle.

Genre de Wouwerman.

209 — *Le Camp.*

Des cavaliers près d'une tente au premier plan, et dans le lointain le camp.

Sur bois, cadre doré.

Haut., 31 cent.; larg., [illegible] cent.

ÉCOLE HOLLANDAISE.

210 — *Combat de Cavaliers.*

Pendant du précédent, même cadre et dimensions.

GOIFFAST (J).

XVIIIe siècle.

Signé.

211 — *Fruits.*

Sur toile, cadre doré.

Haut., 54 cent.; larg., 68 cent.

GOYEN (Jean-Van).

1596-1666.

Signé et daté 1627.

212 — *Rivière en Hollande.*

Au fond et à droite, le rivage est couvert d'une riche végétation : on y voit quelques maisons isolées, au premier plan des barques de pêcheurs.

Le ton général est d'un gris argenté très lumineux, l'ensemble est tranquille.

Sur bois, cadre noir.

Haut., 34 cent.; larg., 54 cent.

GOYEN (Jean Van).

Signé du monogramme et daté 1653.

213 — *Vue d'un Port de mer.*

Le port est à droite au lointain, plus près, une barque et des navires sont ballotés par une mer houleuse ; le ciel est léger, et les eaux bien transparentes.

Sur bois, cadre noir.

Haut. 40 cent ; larg., 70 cent.

HAVRNANS (Baff Senex).

Signé et daté 1634.

214 — *Intérieur rustique.*

A droite, des ustensiles de cuisine sont placés sans ordre, de l'autre côté, un paysan dépouille un lièvre, son chat le regarde; au fond, une vieille femme se chauffe.

Les accessoires sont bien rendus, la couleur dorée de ce tableau est dans le goût des maitres flamands.

(Le nom de cet artiste ne se trouve dans aucun des ouvrages traitant de la peinture ancienne, son nom seul indique une origine hollandaise ou peut-être allemande ?)

Sur bois, cadre doré.

Haut., 55 cent. ; larg., 48 cent.

HEEMSKERK (Egbert Van).

1610-1680.

Signé du monogramme.

215 — *Intérieur de Cabaret.*

Les figures sont naturelles, le dessin exact et le coloris bien transparent.

Sur bois, cadre doré.

Haut., 45 cent. ; larg., 38 cent.

HEEMSKERK (EGBERT VAN).

Signé du monogramme.

216 — *Intérieur de Cabaret.*

Une servante apporte un pot de bière à un buveur. Les personnages dans le goût de Teniers sont très bien comme dessin et couleur.

Sur toile, cadre doré.

Haut., 35 cent.; larg., 32 cent.

HEEMSKERK (EGBERT VAN).

217 — *Le Bénédicité.*

Sur toile, cadre doré.

Haut., 21 cent.; larg., 15 cent.

HEEMSKERK (EGBERT VAN).

218 — *Le Pédicure.*

Esquisse.

Sur bois, cadre doré.

Haut., 35 cent.; larg., 50 cent.

JARDIN (KAREL DU).

1625-1678.

219 — *Paysage.*

Campagne de Rome.

Sur toile, cadre doré.

Haut., 45 cent.; larg., 53 cent.

MAAS (attribué à Pierre).

Commencement du XVIIe siècle.

220 — *Portrait d'homme.*

Sur bois, cadre ancien en bois sculpté et doré.

Haut., 20 cent.; larg., 15 cent.

MEER (JEAN VANDER), le jeune.

Signature peu lisible et daté 1699.

221 — *Paysage et Figures.*

Sur toile, cadre doré.

Haut., 32 cent.; larg., 46 cent.

MIEREVELT (MICHEL-JEAN).

1567-1641.

Signé du monogramme et daté 1598.

222 — *Portrait de femme.*

Sur toile, cadre noir, guilloché.

Haut., 65 cent., larg., 53 cent.

MOLENAER (Jean-Mienze).

Florissait en 1640.

223 — *École de Garçons.*

Le vieux maître est assis à droite, des jeunes drôles l'entourent; l'un est à genoux, un autre crie; plus à droite, un garçon assis sur un banc regarde une blessure qu'il s'est faite à la jambe, d'autres près de lui rient ; au fond, un groupe d'élèves se dirigent vers la porte de sortie.

Cette composition est pleine de vie et de mouvement, le coloris est chaud et le clair obscur bien observé.

Sur bois, cadre doré.

Haut., 51 cent.; larg., 85 cent.

MOLENAER (Jean-Mienze).

224 — *La Plage de Scheveningue.*

Sur la colline qui s'incline vers la mer, on aperçoit le village et une vieille tour.

Les personnages très nombreux sont traités avec infiniment de vérité. Bon tableau, bien conservé.

Sur toile, cadre ancien en bois sculpté et doré.

Haut., 68 cent.; larg., 88 cent.

MOORTEL (Jean).

Mort en 1715.

Signé et daté 1666.

225 — *Fleurs, Fruits et Insectes.*

Peinture d'un fini précieux, couleur vraie.

Bon tableau de ce maître, qui peut être comparé à David de Heem.

Sur bois, cadre doré.

Haut., [illegible] cent., larg., [illegible] cent.

MOUCHERON (attribué à Isaak).

1670-1744.

226 — *Villa Médicis, à Rome.*

Le paysage et l'architecture ont une belle ordonnance.

Les petites figures peintes avec esprit.

Malheureusement ce bon tableau a un peu poussé au noir.

Sur toile, cadre doré.

Haut., [illegible] cent.; larg., [illegible] cent.

NEER (attribué à Arthur Vander).

1660

227 — *Paysage.*

Village Hollandais, près d'une rivière ; effet de lune.

Sur toile, cadre ancien en bois sculpté et doré.

Haut., [illegible] cent.; larg., 60 cent.

NETSCHER (attribué à Gaspard).

1639-1684.

228 — *Assemblée de Seigneurs et de Dames.*

Dans un parc, près d'un riche pavillon ; les attitudes sont bien observées.

Sur toile, cadre doré.

Haut., 51 cent.; larg., 57 cent.

NETSCHER (Gaspard).

Signé.

229 — *Portrait de Dame.*

Vue en pied, vêtue d'un riche costume de cour.

Elle est dans un parc et entourée d'accessoires et draperies d'une grande richesse.

Cette peinture originale doit être l'esquisse d'un tableau, ou une maquette destinée à être exécutée en tapisserie.

Sur toile, cadre en bois sculpté et doré.

Haut., 80 cent ; larg., 64 cent.

POEL (attribué à Egbert Vander).

Mort en 1690.

230 — *Le Retour de la Pêche.*

Clair de lune à Scheveningue.

Sur bois, cadre doré.

Haut., 25 cent.; larg., 33 cent.

POTTER (attribué à Paul).

1625-1654.

231 — *La Vache rousse.*

Peinture vraie, touche très ferme.

Sur bois, cadre doré.

Haut., 23 cent.; larg., 25 cent.

ROOS (attribué à Jean-Henry).

1631-1685.

232 — *Paysage et Animaux.*

Dans le goût de Berghem.

Sur toile, cadre doré.

Haut., 36 cent.; larg., 42 cent.

RUYSDAEL (Jacques).

1625-1681.

Signé.

233 — *Paysage.*

A gauche un vieux château, une rivière coule à ses pieds, un terrain couvert d'arbres se voit au delà ; un paysan gravit le chemin en pente qui conduit de la rivière à la porte du château ; les terrains du premier plan sont couverts de hautes herbes.

(Ce tableau a malheureusement subi des restaurations, au ciel et sur les terrains du fond.)

Sur bois, cadre doré.

Haut., 52 cent.; larg., 45 cent.

RUYSDAEL (Jacques).

Signé du monogramme.

234 — *Paysage et Figures.*

Sur bois, cadre noir.

Haut., 40 cent.; larg., 61 cent.

SCHALKEN (Godefroid).

1643-1706.

Signé.

235 — *La Lecture de la lettre.*

Un homme assis, vu de face, lit une lettre en fumant sa pipe ; la chandelle qui l'éclaire est placée sur une table entre la lettre et lui, ce qui produit un double effet de lumière, bien rendu.

Sur toile, cadre ancien en bois sculpté et doré.

Haut., 32 cent ; larg., 23 cent.

STEEN (attribué à Jan).

1626-1679

236 — *Intérieur.*

Avec figures et accessoires.

Sur bois, cadre doré.

Haut , 24 cent ; larg , 18 cent.

STOOP (Thierry).

1610-1686.

Signé.

237 — *Bataille de Naseby en 1645.*

Composition et dessin remarquables.

Sur bois. cadre doré.

Haut., 45 cent.; larg., 61 cent.

WEENINX ou WEENIX (Jean-Baptiste).

1620-1660.

Signé du monogramme.

238 — *Natures mortes.*

Lièvre et bécasses.

Dessin et coloris vrai.

Sur toile. cadre doré.

Haut., 62 cent ; larg., 81 cent.

WERF (Adrien VANDER).

(Attribué à)

1659-1722.

239 — *Sainte Magdeleine et un Ange.*

Sur bois, cadre noir.

Haut., 42 cent ; larg., 34 cent.

WOUWERMAN (Philippe).

1620-1668.

Signé du monogramme.

240 — *Le Camp.*

Au lointain une ville, l'armée qui l'assiège couvre la plaine; au premier plan à gauche des tentes sont dressées, devant elles des cavaliers, causent, boivent et l'un d'eux sonne de la trompette, d'autres un peu plus loin jouent aux dés.

Le ciel est léger, la lumière blonde éclaire la plaine, les figures ont une grande correction de dessin et une belle couleur.

Il règne dans ce beau tableau beaucoup d'harmonie, les oppositions en sont larges, les lointains, le ciel et les personnages sont une imitation exacte de la nature.

Sur toile, cadre doré.

Haut., 90 cent.; larg., 118 cent.

WYCK (Thomas).

1616-1686 ou 1696.

Signé du monogramme.

241 — *L'Alchimiste.*

Il travaille dans son laboratoire avec un élève; ils sont entourés d'ustensiles de chimie.

Bon tableau d'un coloris chaud et dont le clair-obscur est bien rendu.

Sur toile, cadre doré.

Haut., 55 cent; larg., 71 cent.

242 — *Sous ce numéro, il sera vendu environ quatre-vingts tableaux de différentes écoles, non catalogués.*

OBJETS DIVERS

Miniatures, Vitraux, Médaillons, Terres cuites, etc.

Aquarelles, Dessins, Gravures,

ET

Nombreux cadres anciens en bois sculptés et autres.

MINIATURES

243 — *Portrait d'homme*, signé BERJON.

244 — *Portrait d'homme* (époque de la Révolution).

245 — *Portrait de femme* (Restauration).

246 — *Portrait de femme* (Restauration).

247 — *Portrait de femme* (1830).

248 — *Portrait de femme*, XVIIe siècle.

249 — *Portrait d'homme*, XVIIIe siècle.

250 — *Tête de l'empereur Napoléon Ier après sa mort.*

Peinture sur porcelaine (attribuée à ISABEY).

VITRAUX

251 — *Apollon vainqueur du serpent Python.*

Très curieux vitrail du XVe siècle, où le dieu est représenté avec le costume que l'on portait vers 1440.

Grisaille forme ronde, avec encadrements de feuillages.

252 — *Scène flamande*, travaux champêtres.

Grisaille du XVIIe siècle.

MÉDAILLONS

253 — *Trois médaillons en biscuits de Sèvres.*

Napoléon III, l'impératrice Eugénie et le Prince Impérial.

Ces médaillons sont signés : J. Peyre fecit et Nieuwerkerke direx.

TERRES CUITES

254 — *Enfants jouant avec une chèvre*, bas-relief du XVIIIe siècle.

255 — *Hercule*, statuette, signée CHINARD.

256 — *Apollon*, statuette, signée CHINARD.

257 — *Jeune Faune*, statuette, signée CHINARD.

258 — *Napolitaine portant un enfant*, statuette peinte, d'une grande vérité d'attitude et de costume (travail napolitain).

BAS-RELIEF

259 — *Tableau en cuivre* repoussé avec parties dorées, représentant un triomphe : travail de la fin du XVIe siècle.

Dans un cadre en bois noir, guilloché.

AQUARELLES

DESSINS, GRAVURES, etc.

260 — Deux aquarelles du XVIIIe siècle.

Sous, verre cadre doré.

261 — Deux dessins d'architecture du XVIIIe siècle.

Sous verre, cadre doré.

262 — Aquarelle de Ravier (provient de la vente Ponthus-Cinier).

Sous verre.

263 — Un bon dessin de Gabillot.

Sous verre.

264 — Un dessin de Duclaux.

Sous verre.

265 — Quatre lithographies enluminées, signées : M. Maurin, représentant les joies du mariage, époque de 1825.

Sous verre et encadrées.

266 — Sept albums, recueil de portraits anciens.

267 — *Le Musée impérial du Louvre*, ouvrage publié par livraisons de 5 planches, au prix de 6 francs la livraison.

Incomplet.

268 — Une quantité de dessins, gravures, photographies, se vendront par lots (sous ce numéro).

269 — Lots très importants de cadres, bois sculptés et autres, seront divisés et vendus sous ce numéro.

www.ingramcontent.com/pod-product-compliance
Ingram Content Group UK Ltd.
Pitfield, Milton Keynes, MK11 3LW, UK
UKHW021118260726
13994UKWH00002B/930